Colardeau   Armide A. Renaud

Héroïde

1759

1 Armide à Renaud heroïde par M.
   colardeau.
2 les Baladins.
3 la guerre civile de genève poème
   par M. Voltaire.
4 fragment d'une lettre ecrite de
   genève.
5 le marseillois et le lyon.
6 l'Egoïsme de la Dunciade.
7 Lettre d'un Lyonnois à ses concitoyens
8 Epitre dedicatoire aux 40 aqueils
   chauve.
9 La Curiosité Poeme.
10 Epitre au Roi de la Chine par M.
    Voltaire
11 essai sur les probabilités en fait
    de justice.

ARMIDE A RENAUD;

HÉROÏDE,

*Par l'Auteur de la Lettre d'*HELOÏSE.

ARMIDE A RENAUD;

HÉROÏDE,

Par Mr. C.....

Auteur de la Lettre d'Heloïse.

A LONDRES,

Chez JACOB TRONÇON, Libraire.

M. DCC. LIX.

AVERTISSEMENT.

LE succès de la Lettre d'Héloïse à Abailard m'a déterminé à faire un nouvel essai sur ce genre de Poésie, presque inconnu dans notre Langue. Ovide en a fixé le caractere par le nom d'HEROÏDE, qu'il lui a donné. Il prend pour sujet les amours des Héros ou des personnages illustres. Il differe, en cela seulement, de l'Elégie, qui ne chante ordinairement que les amours des Bergers. Cette derniere, en gémissant sur des passions chimériques, & de pure imagination, s'est décréditée par sa froideur. L'Héroïde a cet avantage sur elle que, s'appuyant sur des faits historiques, ou sur une fiction reçue, elle a nécessairement plus de chaleur & plus d'intérêt.

L'Episode admirable d'Armide à Renaud, dans la Jérusalem délivrée, m'a fourni la fable & les situations. Je n'ai aucun doute sur la bonté de mon sujet, puisqu'il est celui du chef-d'œuvre de notre Scene Lyrique. On pourroit cependant, m'objecter qu'il est trop connu, & qu'un Poëme & un Opéra doivent l'avoir épuisé. J'ai suivi l'exemple d'Ovide, qui, d'après Virgile, a fait sa lettre de Didon à Enée, & qui s'est copié lui-même dans celle de Médée à Jason. Il avoit fait une Tragédie sur ce sujet, qui n'est point parvenue jusqu'à nous. J'ai donc, comme lui, rassemblé dans une seule lettre & sous un même point de vue, les différentes parties d'un Episode, répandues dans un Poëme. Heureux ! si j'ai mis à profit les beautés de mon modele, & si le suffrage du Public m'enhardit à consacrer quelques veilles à ce genre de Poésie.

ARMIDE A RENAUD,

HÉROÏDE.

 Arouche Européen, qui, des rives du Tibre,
Viens, au fein de la paix, troubler un peuple
libre,
Et qui, dans tes fureurs, nous préparant des fers,
Veux à tes préjugés foumettre l'Univers;
Déteftable Croifé, Chrétien lâche & perfide,
Tremble, cruel Renaud !... connois les traits d'Armide.
Tremble ! ce ne font plus ces chiffres amoureux,
L'un dans l'autre enlacés, & garants de nos feux.
Ce n'eft plus cette Armide à tes loix enchaînée :
C'eft Armide en fureur, Armide abandonnée,
Et, pour te peindre encore un plus preffant danger,
Armide qu'on outrage & qui veut fe venger.

Doutes-tu que cet art, dont le pouvoir suprême
Commande à la Nature, aux Enfers, au Ciel même,
Et qui, par l'afcendant d'un charme impérieux,
Rend un foible mortel plus puiffant que les Dieux;
Doutes-tu que cet art, qu'employa ma tendreffe,
Ne ferve également ma fureur vengereffe ?
Quoi! fous le ciel épais des plus affreux climats,
Sur des monts couronnés par d'éternels frimats,
Sous ces poles glacés, où, froide & moins féconde,
La nature languit aux limites du monde,
J'aurai pu, dans des lieux fauvages & déferts,
Créer, pour mon Amant, un nouvel univers;
Et je ne pourrai pas, quand le traître m'outrage,
Ainfi que mon amour, faire éclater ma rage !
Non, non, contre un ingrat armons les Eléments:
Effrayons, par fa mort, les volages Amants;
Et que percé de coups, fous les murs de Solyme,
L'infidelle Renaud expire ma victime.

Malheureufe ! où m'égare un défefpoir mortel ?
Tu ris de mon courroux, & tu le peux, cruel.
Sans doute tu fais trop qu'une Amante timide,
Tremblante & défarmée à l'afpect d'un perfide,
Foible encor pour l'objet de fon Amour trahi,
Sent qu'il eft regretté bien plus qu'il n'eft haï.

Moi,

Moi, me venger ! de qui ? d'un mortel que j'adore,
Qui me fuit, mais, hélas ! que j'idolâtre encore !
Non, Renaud, ne crois pas qu'Armide, en sa fureur,
Achete la vengeance au prix de son bonheur.

Il est vrai : quand l'Europe, à nous perdre animée,
Déploya ses drapeaux dans les champs d'Idumée,
Quand tes lâches Chrétiens, fanatiques cruels,
Vinrent venger leur Dieu dans le sang des mortels,
Tremblante pour nos murs, tremblante pour mon pere,
Je jurai, dans l'ardeur d'une juste colere,
De purger, à jamais, nos Etats opprimés,
De ces pieux brigands, au meurtre accoutumés ;
En invoquant les Dieux des rives infernales,
Bientôt j'allai semer, dans vos tentes fatales,
Cet esprit de discorde & de rivalité,
Qu'entre les Héros même excite la beauté.
De vos chefs imprudents les ames divisées
Offrirent à mes vœux des conquêtes aisées ;
Et je traînai captifs, aux prisons de Damas,
Ces superbes Chrétiens, enchaînés sur mes pas.

Toi seul, cruel Renaud, dans ces jours de ma gloire,
A mon cœur indigné disputas la victoire,

B.

Et jetânt fur Armide un coup d'œil dédaigneux,

Lui préféras la guerre & fes plaifirs affreux.

Tu fis plus : non content d'infulter à mes charmes,

Tu tournas, contre moi, tes invincibles armes.

Des efclaves Chrétiens ta main brifa les fers.

Ma honte, mon dépit remplirent l'univers.

Armide, dans ces temps, à la haine livrée,

Contre un fier ennemi juftement déclarée,

Etoit loin de prévoir que tu devois un jour,

Ecrafer fon orgueil fous le joug de l'Amour.

Ah ! lorfqu'abandonnant le fein de ta patrie,

Tu portois le ravage aux champs de la Syrie,

Quand le fouffle infecté de ta noire fureur,

D'une fureur égale empoifonnoit mon cœur,

Aurois-je pu penfer que, pour toi plus humaine,

J'allumerois l'amour aux flambeaux de la haine ?

Et cependant, cruel, quand ma main dans ton fang,

S'apprêtoit à laver la honte du Croiffant,

Quand, vengeant à la fois mon injure & Solyme,

J'allois finir nos maux par un coup légitime,

Ce fut dans cet inftant, que mon cœur égaré

Sentit naître le feu dont il eft dévoré.

Si tu le peux encor, rappelle à ta mémoire

Ce jour, honteux pour moi .... ce jour de ta victoire.

Si ton ame infidelle en hait le souvenir,
C'est, en le rappellant, que je veux te punir;
Supplice encor trop doux pour un perfide, un traître,
Qui l'est par fanatisme, & qui se plaît à l'être.

J'avois juré ta mort : au gré de mon courroux,
Un sommeil imprudent te livroit à mes coups.
Ah! Dieux! pourquoi ma main, dans cet instant funeste,
N'osa-t-elle percer un cœur qui me déteste?
J'ai frémi, malheureuse, & j'ai craint de frapper!
Mon bras, en t'immolant, pouvoit-il se tromper?
C'étoit Renaud, Renaud, ce guerrier indomptable,
Ce soldat de Dudon, ce héros redoutable,
Ce destructeur barbare, armé contre les miens,
L'effroi des Musulmans & l'appui des Chrétiens.
Mais Renaud n'avoit point cette armure terrible,
Ce casque ensanglanté, qui le rend invisible,
Qui, le cachant alors, sous son panache affreux,
Eût enhardi mon bras en abusant mes yeux.
J'aurois bravé Renaud sous le poids de ses armes;
Mais Renaud désarmé n'eut pour moi que des charmes,
Tant d'attraits brillent-ils au front d'un ennemi?
Je crois te voir encor sous un Myrthe endormi,
Les yeux appesantis, fermés à la lumiere,
Mêlant aux doux Zéphyrs ton haleine légere,

B ij

Sur un tapis de fleurs négligemment couché,
Tel qu'un jeune arbriffeau vers la terre penché,
Le front à découvert, la bouche à demi clofe,
Charmant.... femblable enfin à l'Amour qui repofe.
Tes blonds cheveux flottoient, à l'aventure épars.
Un Dieu fembloit alors s'offrir à mes regards.

Dans mes mains, cependant, le poignard étincelle.
Je m'élance vers toi.... je frémis.... je chancelle.
Déjà je ne veux plus ni frapper ni punir.
J'aime Renaud !... je l'aime !... ai-je pu le haïr ?
Quelle étoit mon erreur ! Renaud eft tout aimable !
Ce n'eft plus ce Chrétien, ce mortel méprifable,
Ce foldat fanatique & cruel tour-à-tour :
Ce n'eft plus mon tyran.... C'eft Renaud !... c'eft l'Amour !
Mais que vois-je ? Son front eft couvert de pouffiere !
L'ardeur du jour le brûle ! ô ciel que vais-je faire ?
Une horrible fueur déjà le fait pâlir !
Ah ! qu'un baifer l'effuie !... eft-il fait pour fouffrir ?
Reçois, mon cher Renaud, ce doux baifer d'Armide.
Ce n'eft plus la fureur, c'eft l'amour qui la guide.
Il dort !... Vents, taifez-vous, refpectez fon fommeil.
Dieux ! qu'il fera charmant à l'inftant du réveil !
Il va me préférer à l'Europe, à la terre.
Il eft fait pour l'amour & non pas pour la guerre.

Pour l'amour ! mais Renaud eſt né mon ennemi !
Il eſt vrai ; mais Renaud, dans ſa haine affermi,
Pourroit-il... je crains tout... enchaînons ma conquête.
Loin du camp des Chrétiens, que le plaiſir l'arrête.
Que le tiſſu des fleurs, celui de mes cheveux
Le ſerrent dans mes bras de mille & mille nœuds.
Partons ; & dans un char traverſant l'empirée,
Tranſportons mon Amant dans une iſle ignorée,
Où mon amour jaloux ſoit certain de ſa foi,
Où je ſois toute à lui, comme lui tout à moi.

J'arrive : la nature, en partageant ma joie,
Sur d'arides rochers s'embellit, ſe déploie,
Et ſe reproduiſant, au gré de mon amour,
Du plus affreux déſert fait le plus beau ſéjour.

Au moment du réveil, quelle fut ta ſurpriſe ?
Aux pieds de ſon vainqueur Armide étoit aſſiſe.
Cette fiere Princeſſe, Armide, dont le bras,
Quelques inſtants plutôt, s'armoit pour ton trépas,
Redoutant, à ſon tour, de te voir inflexible,
Paroiſſoit implorer le Dieu le plus terrible,
Et me livrant entiere à de juſtes frayeurs,
J'embraſſois tes genoux arroſés de mes pleurs.

Cher Renaud, t'ai-je dit, tu vois couler mes larmes.
Puiſſent-elles ſur toi ce que n'ont pu mes charmes!
Je t'aime : je t'adore, & mon cœur enflammé,
Pour prix de ſon amour, demande d'être aimé.
Au trône de Solyme en vain ton bras aſpire.
Renonce à cet eſpoir. Je t'offre un autre empire,
Un empire plus doux & plus digne de toi;
L'empire de mon cœur que je livre à ta foi.
Quitte ce fer horrible & cet airain barbare;
Laiſſe agir le Croiſſant & la triple Thiare.
Abandonnons au ſort ces intérêts divers.
Ce palais, ces jardins, voilà notre univers.
Viens, fuis-moi, cher amant.... viens.... ce ſombre
     bocage,
Ce temple de l'Amour & ſon plus bel ouvrage,
Ce trône de gazon, ces ombres, ces ruiſſeaux,
Le ſouffle de Zéphire & le chant des oiſeaux,
La Nature, en un mot, au plaiſir nous appelle.
Le plaiſir à tes yeux va me rendre plus belle.
Viens.... tu me fuis!... l'Amour, dans nos embraſſements,
De deux fiers ennemis fait deux tendres amants.
L'ardente activité de ſes rapides flammes
Fond nos cœurs, les unit & concentre nos ames.
D'un ſeul, & d'un même être il vient nous animer.
Renaud vit de ma vie, & je vis pour l'aimer.

Que j'étois loin alors de te croire un perfide !
Rien ne troubloit le cœur de l'amoureuse Armide.
O jour délicieux ! ô fortunés moments,
Où les plus doux baisers scellerent nos serments !
Au coucher du soleil, au lever de l'aurore,
Cent fois tu me disois, " Armide.... je t'adore !
" Que tu me fais haïr les jours, les tristes jours,
" Où le Dieu des combats m'enlevoit aux Amours !
" J'ai vécu sans t'aimer, ô ciel ! & j'ai pu vivre !
" Pardonne.... " Foible alors & ne pouvant poursuivre,
Tu laissois échapper de tes yeux attendris
Ces larmes de l'Amour plus douces que les ris,
Et te précipitant au sein de ta maîtresse,
Passant de la douleur à la plus tendre ivresse,
Tu me faisois goûter, au sein des voluptés,
Des plaisirs toujours vifs & toujours répétés.
Nous expirions d'amour ; mais nos levres actives
Fixoient, par des baisers, nos ames fugitives,
Ou plutôt nos deux cœurs, émus par les plaisirs,
Voloient de l'un à l'autre & suivoient nos soupirs.

Dans ces embrassements que je me crus heureuse !
Je me livrois entiere à ta flamme trompeuse,
Et j'étois loin encor, trop loin de soupçonner,
Que mon volage Amant voulût m'abandonner.

O jour, jour odieux, jour à jamais funeste,
Et dont, pour mon tourment, le souvenir me reste!
Epouvantable jour, que je n'ai pu prévoir,
Dois-je, en te rapellant, combler mon désespoir?

Je ne sais quels mortels, deux Chrétiens que j'abhorre,
Secourus par un Dieu que je hais plus encore,
Franchissant, malgré moi, ces rochers sourcilleux,
Dont les flancs escarpés te cachoient à leurs yeux,
Viennent, & te parlant de gloire & d'héroïsme,
Rallument dans ton cœur les feux du fanatisme.
Les barbares bientôt, t'arrachant de mes bras,
Du sein des voluptés t'entraînent aux combats.
Tremblante, je m'écrie, arrête, ingrat!... arrête!
Tu ne m'écoutes point! déjà la voile est prête!
Je fatigue les airs de cent cris superflus.
Ton vaisseau part, fuit, vole.... & je ne te vois plus.

Mes lugubres clameurs remplissent le rivage.
Je me traîne en pleurant vers ce charmant bocage,
Vers ce berceau chéri, témoin de nos plaisirs.
L'écho, le seul écho répond à mes soupirs.
Par mes cris redoublés vainement je t'appelle.
Foible alors, & cédant à ma douleur mortelle,

Je

Je tombe fur ce lit de gazon & de fleurs,
Où mes baifers payoient tes baifers impofteurs,
Où, te cherchant encor, j'étends mes mains tremblantes,
Où je n'embraffe plus que des ombres errantes.

O ciel! il eft donc vrai que mon Amant me fuit!
Triftes Divinités de l'infernale nuit,
A mes accents plaintifs fortez du noir empire,
Embrafez ce palais que l'Amour fut conftruire.
Volez, portez par-tout le fer & les flambeaux.
Ravagez ces jardins, defféchez ces ruiffeaux.
Anéantiffez tout, l'univers & moi-même.
Mais, épargnez encor le perfide que j'aime.
Qu'il vive!.... Il vit l'ingrat, & fon barbare cœur
Peut-être eft infenfible aux cris de ma douleur!

Le croirai-je, Renaud, que ton ame infidelle
Joigne à ce titre affreux le titre de cruelle?
M'abandonneras-tu fur ces rocs calcinés,
Sur ces fommets affreux, de ta fuite étonnés,
Où, depuis ton départ, la nature engourdie
Expire loin du Dieu qui lui donnoit la vie;
Où je ne puis, enfin, par mes enchantements,
Ce que pouvoit un feul de tes regards charmants?

C

Non, Renaud : prends pitié d'une Amante égarée,
Criminelle pour toi, pour toi dénaturée.
Pour toi j'ai tout quitté, mon pere, mon pays;
Mes devoirs, mes ferments, je les ai tous trahis.
De quel œil, de quel front oferois-je paroître
Dans les murs de Damas, que tu détruis peut-être;
Dans ces murs malheureux où j'ai reçu le jour,
Dont j'immolai la gloire aux foins de mon amour?
Parle; dois-je montrer à la terre étonnée
Armide dans les pleurs, Armide abandonnée?
Puis-je enfin, fans rougir, expofer à fes yeux
Mon déshonneur.... ce prix dont tu payas mes feux?

Mais, que dis-je! Eft-ce à moi de redouter la honte?
Je t'aime avec fureur, & l'amour la furmonte.
Permets que ton efclave accompagne tes pas.
Traîne-moi dans ce camp, où mes foibles appas
Allumerent des feux de difcorde & de haine.
J'enchaînai des Chrétiens.... venge-les, & m'enchaîne.
Je ne demande plus à mon cruel vainqueur
Que du beau nom d'Amante il flatte ma douleur.
Dans fon camp, près de lui, s'il permet que je vive,
Je ne veux que le titre & le rang de captive.
J'en prendrai, fans rougir, les vêtements affreux.
Déjà j'ai dépouillé ces treffes de cheveux,

D'un front, couvert d'ennuis, inutile parure.

J'abhorre des attraits qui n'ont fait qu'un parjure.

Oui, Renaud, laisse-moi voler à tes genoux.

Esclave & dans tes fers, mon sort sera plus doux.

Quels soins je te rendrai ! quand le Dieu des batailles

T'entraînera sanglant au pied de nos murailles:

Tremblante pour tes jours, je couvrirai ton sein

D'un fer impénétrable & du plus dur airain.

Moi-même je ceindrai ta redoutable épée.

Enfin, que te dirai-je ? A te plaire occupée,

Redoutant de te perdre, & marchant sur tes pas,

Armide te suivra dans le choc des combats.

L'or de ton bouclier, ta cuirasse pesante

Ne pourront rassurer ta malheureuse Amante.

Craignant à chaque dard, par l'ennemi lancé,

Que, tout ingrat qu'il est, ton cœur n'en soit percé,

Le sein, le sein tremblant de la fidelle Armide

Contre ces traits mortels te servira d'Egide ;

Heureuse, si bientôt expirante à tes yeux,

Tu connois tout le prix d'un amour malheureux !

Mais, que dis-je ? Où m'emporte un espoir qui m'égare ?

Ah ! cruel, je prévois ta réponse barbare !

„ Armide, me dis-tu : j'ai dû trahir tes feux.

„ J'aime un Dieu moins facile & plus grand que
    „ tes Dieux.

„ Je suis Chrétien. Ma loi rigoureuse & sévere

„ M'accusoit dans les bras d'une femme étrangere.

„ Aux pieds d'une Idolâtre, en esclave enchaîné,

„ La gloire gémissoit dans mon cœur mutiné.

„ Sur des ailes de feu la grace descendue

„ Chasse enfin le nuage épaissi sur ma vue.

„ De mes sens abusés je connois les erreurs.

„ Imite-moi ; renonce à des plaisirs trompeurs.

„ Ne viens point : vis heureuse en oubliant un traître,

„ Qui le fut par devoir, & qui gémit de l'être.

„ Je te dis, en pleurant, un éternel adieu.

„ Je te plains.... mais enfin, j'obéis à mon Dieu. „

A ton Dieu ! Quoi ! c'est toi qui m'opposes son culte ?

Ce n'est donc plus l'amour que ton ame consulte ?

Mais, réponds : dans l'instant, où maître de tes vœux,

Tu pouvois dédaigner ou couronner mes feux,

Pourquoi m'avoir caché cet obstacle invincible ?

Ton Dieu, dans ce moment, étoit-il moins terrible ?

Ah ! cruel, libre alors d'aimer ou de haïr,

N'as-tu choisi d'aimer que pour mieux me trahir ?

Non, tu n'es point le fils de la belle Sophie.

Non, ne te vante point de lui devoir la vie.

Le Caucafe, au milieu des neiges, des glaçons,

Te conçut dans la nuit de fes antres profonds;

Ou la Mer, en fureur, te roulant dans fon onde,

Te vomit fur fes bords pour le malheur du monde.

Ingrat, il te fied bien de vanter ta vertu,

D'oppofer à l'amour un devoir prétendu!

Va, crois-moi; déformais ceffe de te contraindre.

Tu feignis de m'aimer, & tu feins de me plaindre.

Quand je vois, dans ton cœur, mon amour oublié,

Que m'importent les foins de ta fauffe pitié?

Vis en paix, me dis-tu: Qui? moi, que je refpire!

Arrache donc, cruel, le trait qui me déchire!

Où puis-je la trouver, cette tranquille paix?

Loin de moi, fur tes pas, elle a fui pour jamais.

Ne crois point, cependant, que feule dans les larmes,

Je maudirai l'Amour, & Renaud, & mes charmes.

Euménide cruelle, attachée à tes pas,

Je te fuivrai par-tout, dans ta tente, aux combats.

Par-tout te reprochant ton crime & ton parjure,

Je te ferai fentir les tourments que j'endure.

J'en mourrai: mais bientôt, abufé dans tes vœux,

Tu defcendras toi-même au féjour ténébreux;

Et, fatisfaite alors, mon ombre enfanglantée
Sans cesse pourfuivra ton ombre épouvantée.
Les Enfers mugiront de mes lugubres cris.
Vois fi tu veux, ingrat, me trahir à ce prix.

Qu'ai-je dit? Vains projets d'une Amante infenfée ?
Qu'un plus doux avenir vient flatter ma penfée!
Ah! Renaud, cher objet des plus tendres amours,
Je vais te faire encor d'inutiles difcours.
Mais, qu'ils foient pour ton cœur ou preffants, ou frivoles,
L'honneur perdu, craint-on de perdre des paroles!
Va, je ne te hais point; va, je fens que mes pleurs
Dans mon ame attendrie ont éteint mes fureurs.
Quel que foit ton parjure & mon dépit extrême,
Il eft faux que j'abhorre; il eft trop vrai que j'aime.
Ecoute: tu m'as dis que ta religion,
Que l'amour des combats, que ton ambition,
Et je ne fais encor quel ferment homicide
Te forçoient, malgré toi, d'abandonner Armide.
Hé bien, connois l'excès, le pouvoir de mes feux.
Je renonce à mon culte & j'abjure mes Dieux.
Sois le mien déformais. Idolâtre ou Chrétienne,
Armide n'aura plus d'autre loi que la tienne.
Détermine, à ton gré, ma créance, mes mœurs;
Je n'examine rien, foit vertus, foit erreurs;

Tes devoirs font les miens, & je fuis tes exemples.
Déjà ton Dieu m'eft cher. Conduis-moi dans fes temples;
Heureufe, fi bientôt, par des nœuds éternels,
Il unit nos deftins au pied de fes autels !
Trop heureufe, en un mot, fi par l'amour conduite;
Ta main, fur les débris de Solyme détruite,
Daigne ceindre mon front du bandeau nuptial;
Si, quittant à jamais un féjour trop fatal,
Tu me fais voir au Tibre ébloui de ta gloire,
Affife à tes côtés fur ton char de victoire.
J'ofe exiger ce gage & ce prix de ta foi.
Je pars, dans cet efpoir, pour me rejoindre à toi!
Et quel que foit le fort qui m'attende à Solyme,
J'y vivrai ton époufe, ou mourrai ta victime.

F I N.

www.ingramcontent.com/pod-product-compliance
Lightning Source LLC
Chambersburg PA
CBHW061622180626
46818CB00005B/2191